忘れられるためのメソッド

小川三郎

七月堂

忘れられるためのメソッド

雨の日

目を覚ますと
雨の降る休日が始まっていた。

アパートの
貧相な庭の端に
紫陽花が咲いていることを
私は知っている。

外から
ボールを蹴る音が聞こえる。
近所の小学生だ。
雨が降っているというのに
彼らはサッカーをするのだ。

私は起き上がり
がらりとサッシを開けてみる。
ボールを蹴る小学生が
雨に濡れながら道路を駆けていく。

紫陽花は先週
大家が切り倒していった。
庭の端には
なにも残っていなかった。

私はサッシを閉め
寝床へと戻った。

ベンチ

ベンチの上で
膝を抱えて座り込み
眠ってしまおうと思った。

子供たちの歓声を聞きながら
コンビニ袋を横においで
深く眠ってしまおうと思った。

みんな私が
もう死んでいると言った。
みんな私のことを
ちゃんと理解していると言った。

私は服を脱いでしまいたい。
服をぜんぶ脱いでしまいたい。

今年の夏
私はたくさん
笑いすらしたのだ。

夢

あなたが夢に出てきたなら
私はもう夢を粗末にしない。
一心不乱に泣くこともしない。

夜になって
音のない雨が降ると
耳が聞こえるようになる。

虫食いだらけの私の身体は
今もどこかで
すずむしが鳴いている。

それがやむころ
冬が訪れる。

ことし私は
どこで雪を待つべきだろうか。

日課

幸福という字を
電信柱に
貼りつけて回った。

斜め上には窓があって
斜め下には犬がいて
それぞれの間に家族がいた。

真昼の空を
飛行機が真横に飛んでいた。
こんな日は
なにもかもを知らぬふりだ。
幸福がなにかということを
たぶん私は知っている。

夕方

夕方
ひとに混じって
家に帰る。

初めて見るものが
ひとつもないという
変化のない暮らしを望んだ。

夕方は
ぜんぶが黒く
塗りつぶされる。

昨日は
繰り返されることなく
昨日はただ
降り積もっていく。

夜桜

桜が満開であることを
知っているひと。
その下でうつむいて
嘆き悲しんでいるひと。
その悲しみは

暗い土の底へと
続いている。

私は昨夜そのひとと
夜遅くまで語り合った。

終わることと
始まること
その差異について
また、その誤解について。
風はゆっくりと流れていた。

夜中のどこかで
私たちは別れた。

そのひとの足音はせず
私もまた
足音を忘れていた。

椅子

雨が降っているので
椅子の上で眠っている。

じっとりと濡れた部屋は
どの場所よりも居心地がいい。

夢は懐かしいものだった。

何年も前に住んでいた家が出てきて
名前も覚えていないひとが
何人も出てきた。

夢の中でも
雨が降っていた。
雨にあたったところから
夢は消えていく。

みんなきれいに消えてしまうと
目が覚めた。

しばらく椅子の上で
ぼんやりとしていた。

冬

冬はどんどん枯れていって
枯葉一枚になってしまった。
今年は春がやってこないで
冬ですべてが
終わってしまった。

山も川も枯れきって

空もすっかり
枯れてしまって
そんな景色の中にいるのに
私の心は
どきどきしていた。

薔薇の住処

蜜蜂は
薔薇の住処を知っているので
あとをつける。

蜜蜂は
壊れた車ばかり停まっている
駐車場の端を抜ける。

そこには
雨が降っている。
草も樹木もしとどに濡れて
匂いが深くなっている。

濡れたブロック塀の際に
薔薇がある。
その根元に
蜜蜂の骸がある。

目のなかが
まっすぐに抜ける感覚がある。

川

川が流れれば
花も咲く。
山も盛りあがる。

朝はもやがかかっていて
肌ざむく
仕方なしに

川沿いを歩く。

川はしずしず流れていて
自分のありかを
消そうとしている。

川のなかには
生きものがいて
川にかくれて
くらしている。

もしも私が愛したならば
彼らとても
喜ぶだろうが。

川に沿って
山の麓までいくつもりだ。
今まで見たものは
そうじゃなかったんだと
決めつけるつもりだ。

連弾

蝶が花を蹴りあげる。
そして別の花にとまる。
花弁に頬をおしつける。
その様子を

また別の花が見ている。

蝶は花に顔を突っ込み
何もないのかもしれない
と思っている。

その様子を
また別の蝶が見ている。

もの思う葦

馬と人間とだったら
どちらがいいだろうか。
仮に人間だったとしたら
座っているのと走っているのとでは
どちらがいいだろうか。

仮に走っているのだったとしたら
服を着ているのと裸なのと
どちらがいいだろうか。

仮に裸だったとしたら
笑っているのと叫んでいるのとでは
どちらがいいだろうか。

そうは言っても
やっぱり私は
馬がいい。

パイプをくわえて青空の下を
走ることなく
ゆっくり歩く
まじめな顔した馬がいい。

片目はつぶれていても構わない。
歯も抜けていて構わない。
だけど耳は
ピンと立っていて
私という馬がいるだけで
ただそれだけで
天気が変わってしまうくらいの

馬がいい。

明日はもう春か。

傘

会社の廊下の傘立てに
傘が一本
ずっと前から置いてある。

誰の傘か
誰も知らない。
だけど急な雨が降ったら

みんなあの傘で帰るつもりだ。

ある日
傘がなくなっていた。
真っ青に晴れた日だった。
みんな気がついていたが
口にする者は誰もいなかった。

その日の夜
余所の国で争いがあり

大勢人が殺されたと
ニュースが短く伝えていた。
次の日
傘は傘立てに戻っていた。

亀と大仏

池の亀が
上を向いている。
なにを見ているのかと思えば
おおきな仏像を
見ているのである。

仏像は仏像のくせに

ひとと同じ形をしている。
そして堂々としている。
一切しゃべらない。

亀は特に信心深くて
仏の顔に心酔している。
だから亀はひとに好かれる。
池に居座る理由でもある。

仏像もまた仏像で
つぶったふりして薄目で見ている。
嘘をつくべき唇を

きゅっと結んで開かない。
ただ
また亀が見ているな！
と思っている。

こんなやりとりが
途切れるはずだった毎日を
繋げているのだと仏典は言う。
亀はその通りだと思っている。
仏像もそうだと思っている。

穴

雨が降った日の夕方
男が草むらを
のぞきこんでいる。

男はおおきく目を見開いて
まるでそこに
穴でもあるような様子である。

私はいま
その穴を通り抜けて
ここに出てきた者なのだが
そうとは言えない
雰囲気なのだ。

雨が降ると男はいつも
その穴をのぞきに来る。
穴に手を突っ込もうともせず
光をあててみようともしない。
隣に私がいることに

気づくこともない。

泥道が乾きはじめ
雨の匂いが消えてしまうと
男は身を起こし
なにもなかったように
家に向かって歩き出す。

私もほっとして
穴に帰る。

言語道断

花はぜんぶ同じに見える。
木はぜんぶ同じに見える。
雲も、歌も、鳥も、人も、
ぜんぶ同じものに見える。

生も、死も、川も、桜も、
みんな同じに見えるのは
私が悪いわけではない。

どの花も
みんな同じ話をする。
どの歌も
みんな同じところで笑う。

私には
違うことの面白さがわからない。

私には
命の良さがわからない。

桜土手

貧相な川岸にて
桜がもうとにかく
満開であるのだが
最近は色がわからなくて
どれも真っ白に見える。

その根元に

貧相な老人夫婦が
座り込んでいる。
妻は居眠りしかけていて
夫はいろいろ
話しかけている。

あの夫婦はもう
色なんてなくても
平気なのだ。

あんなふうになりたいとは
思わないのだけれど

この世が特別な場所であるような
そんな気持ちにもなって。
私はその場で
少し居眠りをした。

重要性

そこの花瓶に生けてある花が
本物かどうかなんて
別にどうでもいいことだ。

そこにある古い箪笥が
本物かどうかなんて
別にどうでもいいことだ。

ものがある、　ものがない、　ものがある、　ものがない。

その繰り返しが
続いていく。

私の部屋の隅々までが
草、石ころ、草、石ころの
繰り返しであったところで
別にどうでもいいことだ。

世界は誰かが置いていって

ずっとそのままになっている。
ぜんぶ偽物だったとしても
別にどうでもいいことだ。

猫を抱いて座っていれば
もうそれだけで
何百年も
生きた気分と
あなたは言って
眠ってしまった。

それも
どうでもいいことだ。

机

学校の
机の上に
線路の絵を描いた。
曲がりくねった私の線路に
電車は走らない。

線路の脇には

テストの問題を書いた。
問1
文中のカッコ内を埋めよ
（10点）
問2
Xの値を求めよ
（15点）

書かなくてはいけないのは
テストの解答で
問題ではなかったはずなのに。

線路は机の端まで伸びたあと
机の裏へと消えていた。
教師が私の机を見おろし
なにか
ひどいことを言った。

それからもう四十年も
生きていたのだけれど
私は誰かにあれと同じ苦しみを
与えることができただろうか。

夜になれば

星が瞬き
虫が鳴き
二度も年号が変わったくせに
昔と変わったことはなく
私はいまも机に向かって
線路を描き
問題を書き続けている。

一生やめない。

産卵期

母はこのたび
許されぬことをしたので
隠居します。
どうかもう
関わらぬようお願いいたします。

そのような書置きを

机の上におく。

部屋の天井から
逆さにつるさがっている母は
急な坂道を
駆け降りるような顔をしている。

誰もいないところへ
行きそびれたとむせび泣く母は
いまも妊娠しております。

床から母を見あげる私は

これでようやく
男になれた。
名前を変え顔を変え
死んだ人から死んだ人へと
毅然な態度で乗り移りながら
なんとかここまで
帰って来た。

逆さになった母を
手で押してぶらんぶらん揺らす。
すると狂っていたバランスが
遠心力でうまく整い

女優みたいに
きれいな顔の母になる。

そんな顔をしていた時から
ご法度のものを売りさばき
縁切り契りを繰り返した。
沈黙にまで値をつけて売るほどの
商売人であった。

誰も彼もが羨むような
めくらの親子になれますように
今後も努めてまいります。

母は私を見上げながら
膨れたり縮んだりするお腹を
しきりにさすって
子供みたいな笑顔をする。
それは私でないよと
子供にするように言い聞かせるが
母はいやいやをするばかりだ。

ゆれごこち

なんのために
私はあなたと一緒にいるのだろう。
それには理由があるはずだ。
毎日毎日
あなたの顔を見ている。
あなたの声を聞き
あなたの匂いをかぎ

あなたのことを知る。
そのような毎日は
私にとって
意味のあることだと思っていた。
いまでもそう思っている。
一緒にいる理由はあっても
その理由に
意味などなくて
そしてそれはとても
意味のあることだと思っていた。
いまでもそう思っている。
そのように

あなたが言うのを聞きながら
私はいま
あなたの顔がぜんぶ
私のものであったらと思う。

晩春

花が首をもたげている。
それは春だという。
それでいいのかどうか
私にはわからない。

なにも聞く耳を持たない
こんな日に立っていると

風が吹いてきて
私の考えをこそぎとって行く。
無論のこと
覚えていることは少ないが
誰に言うでもなく言った言葉が
もうあんなところに浮かんでいる。

切ないとは
この日のことか
それとも昨日のことなのか
花は顔をあげないまま
ひとつのことを思いだしている。

どうしようもないこと
咲き乱れたころのこと
追うようにして飛ぶ蝶が一匹
しなだれながら風に乗って
生まれたあたりをさまよってから
たゆたう季節の隙間へ消える。

私は
夏のことを考えている。
うるさくなれば
我を忘れてしまえるものを
音のかすれたこんな日は

ただ一抹だけ残った不安が
いくらでもどこまでも膨れ上がって
あるいは燃え広がって
山の向こうの向こうまで
覆いかぶさり
尽くしてしまう。

花は
じっと足もとを見おろしながら
ひとつの答えを
みっつにもよっつにも増やして
むせ返るような色を塗る。

しかも永遠のつもりが
明日までの命
間違えるための時間すらもう過ぎた。

ふたつ目の風が吹いて
花の首をやわらかにさする。
蝶の羽根が土に落ちる。
逆らわず時間が流れるのが不思議になる。
苦痛に支えられた
草木はとうに眠り込んで
もう帰れない青空が
ゆらり彼方まで

続いている。

午後

日差しが強い午後
縁側に座り込んで庭を眺める
あなたの背中を
ふすまの陰から見つめていた。
あなたの背中は
真っ黒に染まっていたから

あなたでなくても
よかったのかもしれない。

跳び越せてしまいそうな
小さな庭には
なにかの気配が確かにあって
家のなかを伺っていた。
話し声もすこし聞こえた。

私としては
もうしばらくだけこの家を
あなたのものということに

しておきたかった。
そのような午後は
今日が初めてだ。

私もあなたも
別れを言わなければならない人は
もういないのだった。

呼吸

鉄橋に
夕日が沈む。
その一秒の内側に
身を沈めたい。

鉄橋には
たくさんの車が乗っている。

音のない空が
上から手をかぶせている。

鉄橋は
長く続いて
物語はなく
私の生活は
甚だ窮屈である。

満天の星空

だったらもう
満天の星空じゃなくたって
かまわないんじゃないか。

いくつか星が
あるだけで
それでもう

いいんじゃないか。

こんなふうに
地球のうえで
一瞬
笑って
泣いたりして

やることがまだあるなんて
思わなくたって
いいんじゃないか。

未来からの手紙は来ない。
夜はいつも夢を見るから
せめて起きている間だけは
みんなで笑おう
そうしよう

なんて
教えたり
教えられたり
しなくても。

見上げると

満天の星空。

生まれる前も
それより前も
あれをずっと
見ていたとして

ずっと動かぬ一点だった
ただそれだけの
私であるなら

死んだあとも

それよりあとも
こまることなど
ひとつもないので。

十字架

あなたの汗
あなたの横顔
黙っている
話をしたかった
神のことを考えながら
うつむいている
壁に向かって

どこかへいこうとしている
私ももう歳をとって
身体がみにくい
だから猫を飼っている
あなたは枯れ木を拾ってきて
私に見せつつ
グラスをならべて
たくさんたくさん
水を飲む
外は冬で
線がどれも細すぎて
途切れてしまいそうな空に

魚が泳いでいる
冷たい水
ひとが見えない
あなたが微笑む
夜になると
星空が
月を真ん中にして
膨らんでいく
そこにも小さな魚が
たくさん泳いでいる
あなたの横で
猫の毛にまみれている

大きな林檎を
かじっている
部屋がいくつも
連なっている
私たちの家
あなたは口を開き
言葉は煙となって
部屋に漂う
また
細い糸になって
私の身体に
まとわる

やわらかに
冬は
十字架が似合う
なのでどこへも
出掛けない

春の電車

春の電車というものは
すぐに済んでしまうものだ。

なんとなく
いけないことをした気持ちで
あなたの手を握っていた。

まったく
不用心な
週末のできごと。

まず
私の名を呼ぶ声があり
そして
悲しみを歌う文句があり。

弱った身体を引きずりながら
私たちは電車に乗り込んだ。
花はどんどん散っていって

どれもすぐに済んでしまった。

だから
私たちの行く末などは
海であろうと
地獄であろうと
同じようなものだった。

春の電車というものは
いかにもよくある出来事なのだ。

この世が終わる気配もなく

次の季節がくる予感もなく
消えゆく景色をただ眺めていた
いかにもよくある私たちは
やはりすぐに済んでしまった。

傾いていく
憧憬と
春の電車はよく似ている。

枯葉の下で

枯葉の下で
争いをしているのだ
私たちは。

私も
私の相手も
怪獣だ。

大声で吼えたてあって
相手を組み伏せようとする。

表はたぶん
秋の空だが
枯葉の下は暗く湿る。

ああきっと
空はきれいに
晴れているのだろうなあ
なんて
きっとあいつは思いつつ

私の喉に
がっぷりかみつく。

私の悲鳴が
ほんの少しだけ
枯葉の外に
漏れだしていた。

樹上

あなたは毎日
朝になると
庭の隅に立つ樹を見上げる。

樹の上にはひとがいて
今日は昼から雨が降るとか
誰それが夕方死ぬだとか

そのような出来ごとを
あなたに教えてくれるらしい。

そのひとは
ほんとうのことを言うのだけれど
私たちはふたりとも
一から十まで嘘だった。
なのにあなたは樹を見上げ
毎日毎日飽きもせず
ほんとうのことを知りたがった。

冬の前に秋があるように

あなたの隣には私がいて
夏の前に春があるように
私の隣にはあなたがいた。
ならばもう私たちには
ほんとうのことなど
必要なかったはずなのに。

そのひとが雨だと言えば
ほんとうの雨が降り
人が死ぬのだと言えば
ほんとうの人が死んだ。
夜空を見上げるときですら

私たちのまわりでは
ほんとうのことが行われていた。

そこから遠く離れたところに
私の心はあったのだが
あなたの耳に届く言葉に
思いがけず
意味を感じてしまったことも
これまでに数回あった。
それがどういうわけではは
ないのだけれど。

狂うべきものが狂わないときにだけ
意味を失う言葉があり
だからいくら狂おしくても
きらめくものはきらめいていたし
静かに過ぎ去っていくものは
私たちの胸を満たしていった。
樹上のひとは目を細めて
私たちを見下ろしている。

そして死が
理由なく訪れることを
それをほんとうにできることを

私たちは樹の上に向かって
何度も何度も願ったのだ。

目次

忘れられるためのメソッド

発行日　二〇二三年一一月一六日

著者　小川三郎

発行者　後藤聖子
発行所　七月堂
〒一五四－〇〇二一　東京都世田谷区豪徳寺一－二－七
電話　〇三－六八〇四－四七八八
FAX　〇三－六八〇四－四七八七

印刷　タイヨー美術印刷
製本　あいずみ製本所

ISBN 978-4-87944-557-5 C0092